KB165269

너의 눈동자엔 내가 사랑하는 모든 것이 있었다

너의 눈동자엔
내가 사랑하는 모든 것이 있었다

강신애 외 지음

나무옆의자

차례

|1부|

무국적 바람

| 2부 |

첫눈의 소실점

| 3부 |

봄의 제전

비밀의 정원

김병호

수풀 깊숙이 말라버린 산딸기나 깨진 무릎의 검은 피딱지처럼

이기고 싶은 마음은 처음부터 없었지

그만한 일은 내일에도 없을 테고

에두를 필요도 없이 던져진 물음처럼

중력을 다스릴 힘은 당신에게도 없었지

산딸기는 방울방울 문(鬥)이 많아 얼룩이 지지 않고

피가 삭은 무릎엔 마른 흙이 또 떨어지고

더 이상 건넬 마음도 없이 오롯이 당신만 남은 정오

어느 입술이 닿아 구름처럼 들어 올려 줄 것 같아

망울 속으로 한참을 오므라들어 허공을 편다

전생(前生)을 모르는 당신의 잠은 깊고

어제도 없이, 나는

이 먼 데까지 왔구나

시작 메모

　전생이 닿지 않은 곳

　그 별에서 다시 만나게 될까

전생을 모르는 당신의 잠은 깊고
어제도 없이, 나는
이 먼 데까지 왔구나

푸른 옷소매

김연숙

금발의 조련사 소년
사자 우리 안에서 채찍을 휘두르며
타오르는 동그라미 속으로

수사자를 뛰어들게 하고
앉게도 하던,

더 어릴 적 사자에게 잃었다던
한쪽 팔은 나풀나풀

텅 빈 옷소매

서커스가 끝난 후 갑자기 선선해지며
두 팔을 감싸 안던 초가을 저녁

고궁의 가설 운동장
비어가는 관중석 사이로

알아들을 수 없는 이국 말로 호소하듯
몇 장 그림엽서를 팔러 다니던
내 또래의
독일서커스단 소년

그 텅 빈, 푸른빛의 흔들림

시작 메모

　안녕, 이제는 안녕.

온실을 지나

김이듬

죽은 새가 손바닥 위에 있었다
여행자들은 벽에 낙서를 하고 갔다

폭풍 속의 입김
빗속에서 흘리는 눈물
일생의 미약함이 한 번뿐이었다면

올리브 나무에 올리브가 열리지 않았다
그날이 있었다
누구에게나 있을 것 같지만 아무도 없었을 순간
모두 읽은 척하는 고전 같은 것

이번이 마지막이거나 처음이거나
이곳이 극지이거나 여름 정원이거나

흰 새똥이 가득해서 새집을 털어내었고
내 마음 처마에는 벌레만 우글거린다

우리는 정원에서 북상하는 태풍을 말했다
지형을 바꿀 만큼 격렬했던가

말이 있다면 네게 줄 텐데
심장이 있다면 네 손을 얹을 텐데
너의 눈동자엔 내가 사랑하는 모든 것이 있었다

우리는 무엇이 되어도 좋았지만
감은 눈 위로 대리석
하향하는 헬리콥터

숲 가까이 묘지가 있었다
무엇을 살리기 위해서는 살기를 느껴야 할까

살충제가 흩어지는 줄 모르고
입을 벌리는 사람들

날마다 침묵이 있었다

시작 메모

　너의 입술보다 너의 입김이 그리워. 하지만 이런 게 사랑이라면…… 초점이 어긋난 카메라로 찍은 사진 같아. 네가 찍어준 사진엔 네가 없듯이…… 어디로 갔을까? 어디까지일까? 시작과 끝을 나는 모르네.

바라보다가 문득,

박경희

갈바람이 흰머리를 스치고 지나가자
새 날아간 자리 가지처럼 파르르 눈동자 떨리던 사람
바스락거리는 별을 끌어다가 반짝, 담배에 불붙이던 사람
산등에 걸린 달을 눈으로 담은 사람
흙 파인 돌계단에 앉아 찬찬히 처마의 달 그늘을 거둬내던 사람
벼 바심 끝난 논바닥에 뒹구는 바람을 끌어다가
옷깃 안으로 여미던 사람
문득, 돌아선 곳에서 나를 달빛 든 눈으로 바라보던 사람

그 사람
그 사람

바라보다가 고라니 까만 눈으로 바라보다가
문득, 잡으려 하니
그 자리에 바람만 스러졌다

시작 메모

연두, 연둣빛 위로 봄비가 써늘하게 내린다. 파르르 떠는 온몸을 오그리며 수수꽃다리가 흔들린다. 첫사랑은 연두였고, 봄비였고, 파르르 파르르 온몸을 오그리는 꽃이었다.

튀김집 그 아이

박철

네 몸에선 언제나 기름 냄새가 나서 좋아
나는 문지방에 손을 얹고 바라보았지
미닫이문이 햇살을 베어준 만큼
환한 세상에 서 있던 너
투닥이며 끓던 기름방울들 보다 더 자주
나를 돌아보던 아이
나는 오늘도 네 등에서 새우들을 건지네
등이 휘네
너한테는 아직 기름 냄새가 나서 고마워
내가 한낮을 보내던 태양의 이불 안처럼
갈 수 없는 바다는 몇 평인가
그때는 참 많이 아팠지만
이제는 우리의 굽은 등만으로도 코가 행복하네
자꾸 걸어가면 다시 만나는 지구 위
첫 마음이 끝 마음이 되도록
네 기억에선 언제나
기름 냄새가 나 좋아

시작 메모

지구는 둥그니까 자꾸 걸어 나가면 온 세상 어린이들 다 만날 수 있듯이, 자꾸 살다 보면 첫사랑도 만날 수 있을까요

곰에서 왕으로 °1

배수연

진열된 욕조 사이에 네가 서 있습니다
너는 욕조를 빚는 사람
너는 욕조를 굽는 사람
아무도 너를 욕되게 할 수 없습니다
너와 내가 함께 있더라도

진열된 욕조 사이에서 너를 바라봅니다
나는 양말을 줍는 사람
양말을 기우고 수를 놓는 사람
아무도 양말을 욕되게 할 수 없습니다
너와 내가 한 짝씩 버려졌더라도

오른쪽에 사막이
왼쪽에 수박이 수놓인 양말을 벗기며
네가 웃습니다
한 번 더 할까
가능하면 자주

양말을 욕조에 가지런히 걸어둡니다

강 위로 너의 욕조가 떠내려옵니다
욕조를 쓰다듬는 나의 손 사이의 너의 손 사이의
밀랍으로 된 너의 욕조
우리가 끌어안습니다
돌돌 감긴 심지처럼

그러나 태울 초지가 없어
우리는 아직 강 위에 있습니다

태우고 싶다 태우고 싶지 않니
그러나 태울 사람이 없어
우리끼리 떠내려갑니다
우리끼리 새카매집니다 불곰처럼
멀리서 왕관은 떠오릅니다 태양처럼
나는 양말 위에 한 짝씩 수를 놓아둡니다

너는 여기서 저기로
노를 젓습니다

· 나카자와 신이치의 책

시작 메모
　아무도 양말을 욕되게 할 수 없습니다
　너와 내가 한 짝씩 버려졌더라도

움직이는 발

서춘희

나뭇잎을 들고 싸우려는 것처럼
연약한 폭력을 입술과 이마에

그날
그러했던 것들이
마음을 이루는 중심이라면

종이지팡이를 짚고
무엇— 무엇과—
함께—
뛰는—

그날 그런 마음처럼
노을이 지고 (어떻게 그런 줄 모르고)
움직이는 발이 젓는 게
사랑인 줄도 모르고
사람은 사랑을 하고

지극히 사람이 되려 하는 것이어서

소매에서 모자를 꺼내
(가끔 어디에도 없는)
새에게 씌워준다

사실이 없는 세계―연인
얼굴이 얼굴을 잠식하는 곳

우리는 온전하게 어둡다
지구를 실감한다

물이 물을 덮치지 않을 때
투명하게 갇히려고 새장 문을 연다

먼 지겨움에 대해 고개를 끄덕이며
누가 누구를 키우듯이 궁리한다

서로가 끓이는 흰죽처럼

기어이 잠기고 싶어서

시작 메모

어디에도 없는 문을 열고 들어가 어디에도 없는 돌멩이로 한 번도 본 적
없는 얼굴을 쌓는다. 두 개의 돌멩이로 만든 얼굴이 단 하나가 될 때까지.

맨드라미

유계영

　무슨 냄새가 날까요 당신의 입속에서. 바람이 옷 속을 파고들었어요. 불룩한 가슴. 꼬리를 흔들며 킁킁거렸어요. 냄새 나지 않는 인간이 되고 싶었거든요. 향기를 외면하고 싶었구요. 내가 지워질 때까지 닦았어요. 몸의 경계가 허물어질 때까지. 그러다가

　거울 속에서 이상한 사람을 만났습니다. 흰 치아를 딱딱 부딪치며 비춰보고 있었어요. 붉은 거품을 뱉었어요. 믿을 수 없었어요. 주름을 내내 펼치고 다녔다는 것. 킁킁거리는 혀가 꽂혀 있다는 것. 심장이 붉다. 뜯어졌다. 뜯어진 심장을 얼굴에 지녀왔다는 것. 양치컵의 테두리에 흰 거품이 말라가고 있어요.

　얼음에 입술을 대보았을 때. 영영 떨어지지 않으리라곤 생각 못 했어요.
　그림자가 포개질 때. 큰 귀가 축 늘어진 땡큐라는 이름의 옆집 개처럼
　울음이 컹컹 터지리라곤.
　입술이 뜯긴 채로 계속 살아 있게 될 것이라곤.

시작 메모

　사랑이 아니었다면 내 입속 같은 게, 내 체취 같은 게, 궁금했을 리가.

봄밤, 첫 사람

유현아

공장은 늘 낮에도 밤에도 깜깜했어요
열여덟 살 소녀는 늦은 밤길이 유령처럼 무서웠죠
전봇대 아래에는 몇몇의 그림자들이 뭉쳐 있었고

봄밤이었어요
한 그림자에게서 빛이 나고 날개가 퍼덕거리고
별빛처럼 날리는 꽃잎들 때문에 천사인 줄 알았어요
키도 작고 얼굴에 주근깨만 가득한 소녀는
무서운 전봇대를 향해 두근거리는 눈빛을 보냈어요

봄밤이었어요
열아홉 소년에게 말을 걸기까지 5년이 걸렸어요
벚꽃이 눈처럼 내리는 그날엔 소년이
노래를 불러줬는데 천국이 이곳인가 그랬대요

공장에서 반장의 잔소리를 듣고
깡보리밥과 간장뿐인 점심을 먹으면서도

살랑살랑 꽃길을 걷는 것 같았대요

사는 것이 죽기보다 어려웠던 소녀의 핏기 없던 볼이
연분홍 복숭앗빛으로 물든 날

봄밤이었어요
어머니의 첫사랑 아버지, 아버지의 첫 사람 어머니

시작 메모

소년과 소녀의 첫사랑 이야기를 들었을 때, 나의 심장은 두근거렸다.
50년 전의 이야기에.

무국적 바람

이설야

당신이 내 그림자 안에 발을 들여놓자
계절 하나가 새로 태어났지

당신은, 어느 해 불어닥친 무국적 바람
나는 햇빛을 들고 있다가 휘청거렸지
당신을 만나기 위해 온갖 구름을 겪었고
노을 속에다 꽃을 숨겨놓았지

새를 삼킨 입술
번개의 씨앗을 품은,

당신을 다 받아 적지 못해서
열세 가지의 얼굴로 달력을 찢곤 했지

당신이 골목마다 철썩이는 강을 들여놓고 사라지면
내 영혼은 속눈썹까지 젖어 아무것도 볼 수 없었지
세상 모든 꽃 모가지가 뚝뚝 부러졌지

당신을 건너다가 발목이 삐던

시작 메모

사랑이라는 이름을 가진 세상의 모든 것들
그 앞에 서면 다시 첫, 사랑입니다.

빗방울처럼

이승희

우리는 밤의 열기구를 타고 도시를 떠났다 밤의 공원에서 나무들이 자랄 때 낯선 거주자들과 아침을 맞고 두꺼운 책을 읽는 사람들의 안경 너머로 걸어갔다 공원을 지나 동물원을 지나 어두운 사무실들이 있는 좁은 골목을 걸어서 세상의 끝에서 둥글어지고 싶었다 햇살이 우리의 발목에 비치면 그것으로 하루를 살고 비가 오면 튀어 오르는 것들의 이름을 오래오래 불렀다 마지막 별이 희미해질 때까지 기차를 타고 국경을 넘었고 다시 밤이 올 때까지 지금 여기가 아닌 곳으로만 걸어갔다 아무도 우리를 알지 못했고 아무도 인사하지 않았으므로 우리는 잠 속에서 잠을 자고 꿈속에서 꿈을 꾸며 벼랑처럼 높아졌다 다시 밤이 오고 불빛은 멀어질수록 둥글어졌다 소실점이 사라지면 그렇게 우리는 한 번의 생에 딱 한 번만 고여서 둥글어지고 싶었다 빗방울처럼 목매달고 싶었다 빗방울처럼 떨어지고 싶었다 빗방울처럼 고요해지고 싶었다 첫사랑은 그것이 다 지난 후에 비로소 미완성인 채로 완성되는 것이다. 그러니까 그것은 지금도 완성되어가는 중이며, 그 완성이란 미완을 완성하는 게 아니라 미완을 미완인 채로 둠으로써 완성되는 것이지 싶다. 그냥 가만히 있어도 피가 뜨거워져서 견딜 수 없던 시절이 있었다. 밤의 공원에서 우리는 떠나는 꿈만 꿨다. 첫사랑은 여기가 아닌 모든 것에 대한 가장 아름다운 유혹이다.

경아˚

이재훈

햇살을 건지던 날이었다.

골방 문을 닫고 바닥을 긁고 있을 때
폭죽 소리는 밤하늘 저편으로 곤두박질했다.

오월의 눈이 내렸다.
산속 국도변에서 손을 잡았던가.
서해에서 서러운 바람을 품에 안고
깊이 숨어들었던가.

하염없이 걷다가
원하는 대로 움직이지 않는 구름을 탓했다.

늘 순서를 모르고 길을 나섰다.
허무와 자학을 신봉하던
별들의 종착지만을 탐했던 독학자.

행운을 꿈꾸는 것이 두려웠다.
은밀히 나무에게만 약속했다.

세상의 불빛이 눈 내리는 밤을 서성이고
오래 숨을 참고 더듬거리는 숨결.
난생 처음 받은 노래였다.

오래도록 수염을 깎지 못했다.

· **별들의 고향**(이장호. 1974)

시작 메모

이 땅의 모든 첫사랑은 경아이지요. "제 입술은 조그만 술잔이에요"라고
말하던.

밤비

이진욱

처마에 투명한 힘으로 매달린 물방울
발판은 얼마나 아득한 직벽일까
간들거린 채 떨어지지 않으려던 불량한 편애

다 쓸려가도 남은 건 당신뿐
슬며시 중독된 감정에 밤새 묻는 안부를
세상은 몰랐기에 질투했습니다

생각만으로도 두근거리는 것은
떨어지는 것을 견디는 일입니다
긴 추락 후에도
한참 울어도 남은 이름

내 생을 출렁이는 물결이 되었습니다

시작 메모

양철지붕 난간을 붙잡고 간들거리는 물방울을 보았습니다. 투명한 몸으
로 떨어지지 않으려는 간절한 힘. 코밑이 검실거리던 제게 까만 얼굴에
안경을 쓴 그 아이는 우주였습니다.

할미꽃

정병근

나는 어려야겠다
그땐 너도 어렸으니까
산에도 들에도 길가에도
우리는 지천이었다

너를 데리고 뒤뜰로 가면
네 흰자위 많은 눈망울은 크고
나는 하례처럼 감꽃 목걸이를 걸어주었다
무성한 들판은 골똘하기 좋았고
햇빛은 쉬 배고팠다
우리는 무슨 일로 자꾸 말이 없어지고
떨군 네 뺨에 가만히 대어보던 할미꽃
그 비로드 치마 그 머릿내

어느 날, 피 흘리며 싸우고 온 나를
너는 가만히 안아주었다
장방에 올라가 콩고물을 먹었다

멀리서 들려오는 기침 소리에 놀라
우리는 죄도 없이 대밭으로 도망쳤다

풀 망태 지고 오는 봇도랑에
너는 몸 담그고 앉아
나를 빤히 쳐다보았다
돌 던져 물을 튀겨도 가만히 있었다
나는 나쁜 생각이 들어 욕 같은 말을 해주었다
나는 등 뒤에도 눈이 달려
매미 소리 귀청을 찢고
풀 냄새 훅훅 풍기는 길을
꿋꿋하게 걸어왔다

시작 메모

할미꽃을 그 아이의 뺨에 갖다 대었다. 그 아이의 머리를 휘도는 가마가 보였다. 땀 섞인 머릿내가 풍겼다. 바람 한 점 없이 더운 날이었다. 그날 이후로 그 아이는 나만 보면 말이 없어졌다.

첫사랑

천수호

풋

풋

풋

성냥을 그었다

파도가 활활 탄다

새파란 불꽃을 내뿜을 때마다

나이테가 꿈틀거렸다

파도가 와 닿은 나무는 푸른 용을 키웠다

물도 불도 파도의 것이 아니어서

가장 폭이 넓은 나이테로

용이 빠져나갔다

시작 메모

파도라는 나이를 가진 적 있다. 파도 끝에 불을 붙인 첫 불장난은 벼락
의 흔적을 남겼고……

첫 마음

하상만

연필을 깎는데
심(心)이 자꾸
부러졌다

은영이에게
줄까 말까 망설이다
주지 못한 것이었다

학교에서 집으로
집에서 학교로
갈 때마다

달그락달그락
마음 뛰는 소리가 났다

비가 오는 날에는
쿵쾅쿵쾅 달리기도 하였다

필통 속에 오래 두어
곯았던 걸까

깎으면 깎을수록
뚝
뚝
마음(心)이

끊어져갔다

시작 메모

옥수수수염은 옥수수의 암꽃이다. 수꽃이 찾아와 만날 때까지 자란다.
그건 그리움의 길이. 옥수수수염 끝에 옥수수 알이 하나씩 달려 있다.
암꽃이 수꽃을 만나면 익는다. 그건 그리움의 개수. 늦가을까지 익지 않
았던 옥수수가 있었다. 그렇게 긴 수염이 없었다.

첫사랑

강신애

그때 내가 왜 너의 말을 막았는지
플라타너스 가로수뿐인 그 언덕길에서
아무 말 말라 손사래 쳤는지

솔직히 두려웠던 게지
이제껏 궁금한 그 말도 나쁘지 않다

붉은 입술에 담긴 울울창창한 말들이
숱한 밤 상상의 문자로 쓰였다 지워지고 쓰였다 지워지고
끝내 가슴속
하얀 질문 하나 남겨놓았으니

시작 메모

벌써 아득한 옛일, 그때 듣지 못한 사연은 하얗게 밤의 갈피를 넘겨
두툼한 구름의 책이 되었다. 세상 가장 궁금한 그때 그 소년의 말.

연못 공원

김경인

그날 연꽃은 물결을 가만가만 어루만지고 있었네
당신의 등 뒤에서 밤이
연두부처럼 부드럽게 으깨져
연못 위로 서서히 내려앉는 걸 보았네
당신이라는 말,
오래도록 아껴 먹으려
입속에 머금은 커다란 사탕
먹다 목이 멘 천국이라는 낯선 이름의 김밥
당신이라는
들숨과 날숨의 고요함

나,
당신이라는 슬픔의
올망졸망한 감자줄기를
내내 캐내며
한 생애 잘 살았지
그러다

영영 이사를 마치고
페인트 내 풍기는 대문처럼
아주 조금씩만 울다가
이내 간소해졌지

저물녘이 연꽃잎처럼 한 여자를 감싸고 있네
당신을 조금만 베려다가
그만 제 심장을 먼저 베고야 만
소녀가 띄엄띄엄 뛰는 심장 위에 주름진 손을 얹고 있네

못은 언제 연꽃을 흘려보내려나
흔들리는 연꽃들,
그 아래 감춘
진흙투성이 흰 종아리, 종아리들.

시작 메모

첫사랑이 언제 시작되었는지는 기억나지 않는다. 다만, 끝날 때의 풍경은 지금도 내 맘속에 고스란히 남아 있다. 사람은 기억나지 않고 저물 줄 모르던 나의 마음만 남아 저릿해지는 저녁.

라이터 소년

김경후

텅 빈 카페 테이블 위
다신
켜지지 않는
버려진 라이터

한번은 은백양 숲을 까맣게 태웠지
첫 눈송이
불꽃 속으로
따스하게 녹아 흘렀지

다신
켜지지 않는다

네가 오지 않아 밤이 온다
밤은 와도 너는 오지 않는다

시작 메모

밤은 왜 봄이 되려 하는가.
오지 않는 봄을 기다리는 밤
이제 봄밤은 봄이 아니다.

순간의 꽃

김해자

새벽녘 이불 속으로 든 그대 언 발
녹이려 들수록 질척이다 눈물 되어 사라졌다

반쯤의 잠속으로 잠겨오던 그렁그렁한 물방울은
내가 만나고도 잊어버린 신의 얼굴
눈 위에 도란도란 파여 핀 꽃잎,
너는 영원의 발자국이다

늙지 않는 시간 속엔 모든 첫, 들이 세 들어 산다
여명 속에서 지금 막 피어난 순간이여

스물 몇 살 너와 난 천둥벌거숭이
바다 위에 핀 거품 꽃이었다
그러나 내가 다시 스물 몇 살이라면
앞뒤로 뻥 뚫린 저 시간 속으로 헤엄쳐 가겠다

다가갈수록 멀어지는 수평선은

아직 내가 만져보지 못한 신의 발꿈치
부딪쳐 깨지며 희디흰 순간의 꽃들이여
사랑이 아니고야 누가 눈물을 피우겠는가

늘 지금 처음처럼 재생되는
영원 속 한 조각 거품이여

시작 메모

어떤 시간은 영원히 사라지지 않는다. 눈 위에 돌아가며 찍은 흰 발자국
들은 언제든 다시 피어나는 만다라, 어떤 순간은 영원의 한 조각으로 내
내 재생된다. 그러므로 처음은 늘 지금, 다시 피어나는 순간의 꽃이다.

눈 위에 도란도란 파여 편 꽃잎
너는 영원의 발자죽이다

나는 전속력이다

박완호

전속력이다 잔뜩 부푼 여자애 하나 언덕을 달린다 햇살이 손가락으로 빠르게 바큇살을 돌린다

징검다리에서 그만 널 놓치고 만다 저만치 개울에 빠진 얼굴이 날 빤히 쳐다본다 가쁜 물소리가 귓바퀴를 굴리며 달려간다 넌,

꽃 말고 별이랬지 코스모스는 네 은하 속 떠돌이별, 네가 살던 집의 하얀 번지를 기억해 그날 속 모르고 깜빡이던 가로등은 무슨 말을 중얼거렸던 걸까 초등학교 담장 옆 골목길은 또 뭐라고, 걷다 보면 그곳이 되어주는 길들을 아직 지나는 중이야 넌 어디쯤이니

사랑을 놓친 자리 마음이 되게 헐겁다
연두였다 분홍이다 초록이다 빨강이다
손짓 하나까지도 죄다 알록달록한,

한 장 남은 꽃잎마저 떨궈내려 안간힘 쓰는 꽃샘바람 속을 간다 널 지워야 하는 줄 알았는데 날 먼저 비워야 했다 얼마나 더 걸어야 내 안의 널 다 비우게 될까

네게서 멀어지는 길이든 네게로 달려가는 길이든
난 이렇게 전속력인걸!

시작 메모

끝 모를 그리움의 길 위에서 숨 쉬듯 '너'를 떠올리며, 나는 소멸의 문턱을 넘어서는 사랑의 절정을 꿈꾸리라!

이젠 잊기로 해요

백인덕

종이창 불빛 새는
어둑한 골목길을 내려와
늘 우리가 멈추고 떠나야 했던
우체국 앞 버스 종점.
그대는 말아 쥔 신문을 흔들며 웃었지만
턱 낮은 언덕 하나 넘어가기도 전
나는 알았지.
가을 저녁 쓸쓸한 바람보다 먼저
비탈길을 올라 나중에 도착하는 종소리,
나는 그대의 공명(空鳴) 같은 사람이었음을.
성당으로 향한 나무 등걸에 기대어
그대를 쫓아 썰물로 밀려간 세상을 위해
축복하리,
성호를 긋고, 긋고 돌아서면
나는 이내 물빛 고운 섬,
푸른 방 안에 갇히네.
갇혀 깃 작은 새가 되고,

단 한 번 그대의 사람이 되어보지만
어느 날 더 높이 자랄 생을 위해
밤마다 제 잎을 버리는 검은 나무처럼
그대는 고단한 추억을 떨구리라.

나 영영 잊혀도,
순간, 순간 잊혀진대도
돌을 새기는 어리석음에 망가지지 않으리,
끝내 망가지지 않으리라.

시작 메모

무모함이란 지나온 궤적(軌跡)이 지나치게 선명(鮮明)할 때 붙는 찬사일지
도 모른다. 그 찬사가 빛이 바래는 사이, 몇 개의 별이 죽고, 아니나, 죽
은 몇 개의 별이 이제 머리 위에 반짝이고 겨우겨우 지나가는 목숨은 여
전히 위태롭다. 1987, 장년이 된 여가수의 목소리가 다시 새벽을 휩싼다.

다시, 그리운 그대

오민석

그대를 다시 만날 수 있다면
아드리아海의 바다 오르간을
함께 연주해도 좋겠네
그러면 코발트색 물결이
어깨를 출렁이리
이 가을, 빛나는 돌길
좁은 골목을 함께 걷다가
호박빛 가로등이 하나둘 켜질 즈음
천천히 항구로 내려가도 좋겠네
거기 선창의 푸른 갈매기들과
에스프레소를 마시고
수도원을 개조해 만든
호텔 두브로브니크로 돌아와
지난 세월의 아픔을 이야기해도 좋겠네
다시 그대를 만날 수만 있다면
카페 마담 마리로 가서
붉은 맥주를 기다리겠네

거기 19세기의 등대 아래 다시 서겠네

밤이 이슥해지면

세상의 등을 다 *끄고*

폭설처럼 그대 품 안으로 자꾸 쓰러지리

새벽 동틀 무렵

새로워진 바다를 바라보며

푸른 시가 연기를 내뿜어도 좋으리

우리 아픈 추억들 다 사라진다면

아픔도 추억이 된다면

아드리아 *海岸*에 가서

그대 가슴의 고요한 풍금소리

다시 듣겠네

시작 메모

미안하지만, 한번 사랑이면 영원히 사랑이다. 당신은 내게서 도망칠 수
없다. 당신은 나의 자궁이다. 나는 당신에게서 매번 새로이 태어난다.

누가 첫사랑을 묻거든

유기택

스무나무였어

한번 그 가시에 찔리면
스무 날은 앓아야 낫는다는
헤싱헤싱 성글고 그악한
가시나무 계집애

저를 죽은 새처럼 앓던
눈매 매초롬한 만신의 딸
빼빼해선 말라가던 가시
스무나무였어

그런 스무, 스무 해를 그
여럿을 돌려세우고도 다시
잊은 듯 지내다가도 누가
묻기만 하면 덧나는 이건

아무래도

요번 생에는 다 그른 거지

그렇지, 그런 거지

종이 날에 베인 건 나중에야 알지.

한참을 지나고야, 무엇이 나를 지나간 걸 알게 되지.

빈 화분

이영주

우리는 울기도 전에
따뜻하고 다정한 말들을 썼습니다
이게 어울릴까
서로의 머리를 쓰다듬어도 어두운 가루들이 떨어져버리는
죽은 시간 속에서

늙은 우리는 스무 살에 살던 방에 들어가
버려진 화분을 들여다보았던 것입니다
이 방에서 하루 치의 잠을 다녀간 친구들은
조금씩 돋아나는 썩은 잎을 먹고 또 먹었죠

맛있지
응 맛있어

잊고 싶은 것들은 화분에 묻어두자
우리는 너무 닮아 있구나

모든 독성을 받아먹고
화분은 오랫동안 흙을 토해내고 있었습니다
불운으로 가득 찬 이 방에 숨어
깨지 않는 잠 속으로 들어가려고

그러고 나서 쓸까
연필이 부러지고
자꾸만 부서지고 잿빛 가루로 타버릴 동안

죽은 우리는 화분에서
서로의 몸을 비비다가

그러고 보니 우리는 자란 것이 없다

타다 만 말들은 버리고 엽서를 쓸까
고백보다는 매혹이어야 한다고 믿었던 시간이
하수구로 떠내려갑니다

아픈 것들을 버릴 때마다
모두가 좋아합니다

시작 메모

첫사랑으로부터 우리는 얼마나 자랐을까. 화분을 새로 사고 온 힘을 다
해 잘 키우고 싶었지만 자꾸 죽기만 했던 날들. 그런 날들로부터 우리는
앞으로 어디까지 살아남을까. 서툴렀고 그래서 어지러웠고 점점 더 아
프기만 했던 날들. 그날들이 우리를 키웠다면 너무 가혹한 얘기일까. 가
혹해서 아름다운 얘기일까. 모든 첫사랑에게.

그러고 보니 우리는 자란 것이 없다.

해인사 통신

이우근

해인사 근처 민박집에서
밤새 물소리 들었다
꾀죄죄한 이불이 오히려 부끄러워했다
반쯤 찬 소주병
반쯤 빈 콜라병
새우깡 한 봉지
별이 모이고
바람이 깃들었다
눈썹달이 기웃거렸다
삶에의 전망과 희망
그런 것을 만지작거렸다
돌아보니 하나의 좌표였다
꽃잎이더니,
붙이려다 침만 발라놓은
우표가 되어
파르르 떨리는
손끝에 남아.

시작 메모

아직도 그 물소리 들린다. 전봇대를 상대로 방뇨로 대항하면서, 별에게
수신을 확인했다.

끝없는 순환, 불치이자 완치!

개굴개굴

이정록

개구리 울음소리는 언제나 똑같은데
정록이 좋아할 때는 정록정록 울더라고
초등 동창생 계집아이가 구라를 친다

과수원 하는 큰아들이
러시아 색시를 맞았는데
논두렁에 앉아 크바크바 울더란다
크바크바가 사귀었던 남자 친구냐고 물으니까
자기 동네 개구리는 다 크바크바 운다고
눈물 훔치더란다

개구리는 처음부터 개굴개굴 울었는데
이제 개구리는 구오구오 구오구오
케로케로 케로케로 옵옵 옵옵
크로우크 크로우크 쿠아크 쿠아크
코아코아 코아코아 가르가르 가르가르
리빗리빗 리빗리빗 브레케케 브레케케

브락브락 브락브락 와와 와와 운다
떠나온 땅 그리운 이름으로 밤새워 운다

그래도 개구리는
정록정록 울어야 제맛이라고
술을 따른다 나도 추억에 잠겨
청개구리처럼 그녀의 이름으로 운다
구라구라 개구라다 봄밤엔
개구리도 구라를 친다

시작 메모

다문화가족들과 한글수업을 한 적이 있다. 동요를 부르며 공부하는 중에, 나라마다 개구리 울음소리가 다르다는 깃을 일있다. 사랑은 같은네 표현이 다 달랐다. 가슴에 숨겨둔 그리움을 즐겁게 노래하다가 끝내 눈시울이 젖었다.

첫사랑

이창수

친구 집에 갔다가
방바닥에 놓인 편지를 읽게 되었다
한약 팔던 노인이 마을 사람들에게 남긴 편지였다
오랜 세월 복내에서 밥 먹고 살았으니
마을 사람들에게 고맙다는 내용이었다

오랫동안 노인의 어린 딸 찾아 헤맸다
그녀에게 보내는 편지 썼지만
마지막 문장 다 채우지 못하고
타지를 떠돌았다

강물 위로 벚꽃이 떠다녔다
강물 위 벚꽃으로 떠돌았다

시작 메모

30년 만에 고향으로 돌아왔다. 사람의 얼굴처럼 고향의 풍경도 많이 변했다. 친구들 대부분이 도시로 떠났고 몇 안 남은 친구들도 흰머리 가득해 알아보기 힘들었다. 그러나 사랑만은 가슴에 그대로 남아 여전히 두리번거린다.

아무도 아무도를 부르지 않았다

이현호

"세상에는 사람 수만큼의 지옥이 있어."
귀밑머리를 쓸어 올리듯이 네가 말했을 때
아름다운 네 앞에 서면 늘 지옥을 걷는 기분이니까
그 어둠 속에서 백기같이 흔들리며 나는 이미
어디론가 투항하고 있었다

네 손금 위에 아무것도 놓아줄 게 없어서
손을 꼭 쥐는 법밖에는 몰랐지만
어린 신이 잠시 갖고 놀다 버린 장난감 같은 세상에서
퍼즐처럼 우리는 몸이 맞는다고 믿었었고
언제까지나

우리는 서로에게 불시착하기로 새끼손가락을 걸었다

우리가 비는 것은 우리에게 비어 있는 것뿐이었다
삶은 무엇으로 만들어지나? 습관
우리는 살아 있다는 습관

살아 있어서 계속 덧나는 것들 앞에서
삶은 무엇으로 만들어지나? 불행
그것마저 행복에 대한 가난이었다

통곡하던 사람이 잠시 울음을 멈추고 숨을 고를 때
그는 우는 것일까 살려는 것일까
울음은 울음답고 사랑은 사랑답고 싶었는데
삶은 어느 날에도 삶적이었을 뿐

너무 미안해서 아무 말 않고 떠났으면서
너무 미안하다 말하려 너를 서성이는 오늘 같은 지난날
아름다운 너를 돌아서면 언제까지나 지옥을 걷는 기분이니까
조난자가 옷가지를 찢어 만든 깃발처럼 그 어두움 속에서 비
틀거리며 나는
벌써 무조건항복 하고 있다, 추억을 멈추고 잠시 삶을 고른다

아무도 아무도를 부르지 않아서

아무 일도 없었다, 지옥과 지옥은

시작 메모

　희망은 인간에게 무슨 오해가 있는 것만 같다.

장터거리 순심이

이호준

명지바람 지나는 길목, 깔깔거리며
몸 비트는 연두 치마저고리
눈 감으면 플라타너스 잎에도 아침이슬에도
소라 껍데기 속 지문 같은 목소리
간지러워 간지러워

어물전 중늙은이 송 씨의 비린 손길에도
쇠전 거간꾼 조 씨 고삐 잡던 손에도
간지러워 간지러워
몸 뒤채던 장터거리 평화옥 어린 작부 순심이

저물녘마다 담 없는 담 밖 서성거리던 소년
여전히 그 자리 자박자박 맴돈다

나뭇가지 끝 걸려 펄럭이던 얼굴
새 떼처럼 화르르 날아올라 허공에 잠긴 뒤에도
못 박힌 듯 떠나지 못하는 시린 눈동자

낮은 음표로 그려진 눈물

어느덧 흐릿해진 손금 더듬어 오르면
개망초 키 재는 장독대 있던 자리
사금파리 밟을 때마다 파고드는 여린 목소리
간지러워 간지러워

오늘 아침바람 짓궂기도 하다

시작 메모

첫사랑의 기억은 삶의 시종(始終)을 관통한다. 때로는 나뭇잎으로 펄럭이
고 강물 위 윤슬로 반짝인다. 짝사랑일수록 저리게 각인되기 마련. 고향
에 가면 여전히 장터거리를 서성인다.

어디에도 없기 때문에 이제 우리가 있을 수 있다
는 생각을 하다가

이휜

내내 손가락으로 만나던 사람들은, 만날 수 없을 때 손바닥으
로 도착하였다

멀리 있는 마음들이
망명하는 방식

여름이 지나고 나면 어차피

없는 곳이다
없을 곳이다
없는 사람들이 없는 곳으로 향하고 있었다
서로의 몸도 얼굴도 가진 적 없는
둘이

만나지 못해 사라졌다

끝내 사라지지 못할까 봐 미리 사라지는 사람들 그런 걸 마음
이라고 해도 될까

　손바닥만 남고
　손이 없는 곳
　사람은 없고 사람만 남는 곳

　손목을 안으로 끌어모으면 손가락을 더는 펼 수 없어 결국

　손목 아래에 있다

　한 방향만 가능한 자세

　손목 아래로 굴삭기처럼 말을 줍는다

　가진 적 있는 말들

이제 어디에도 없기 때문에 우리가 있을 수 있다는 생각을 하
면서

손가락을 다 버렸다
손바닥으로 받은 시절을 반복해서
흘리다 보면

자정이 돼도 우리는 흘러내리지 않는다

놓치고 나서 한 사람의 둘레를 이해하는 사람의 생존 방식

얼마 만에 괜찮아져야 우리가 괜찮은 걸까

하나의 고집이 유효할 수 있는 기간과

사람이 사람을 관통하는 순서와

돌려주지 않은 버릇 같은 것에 대해

부러진 손의 약력에 대해

폐허에 머무는 물과 물의 아침과, 아침마다 사라지는 믿음의
행방에 대해

없는 사람이 생각한다

지키는 데 급급했던 이의 내막과
무어든 혼자
구축하려 했던 사람의 사물이 함께 자리를 잃는다

어떤 소식은 손바닥 없이 도시를 건넜다

지나간 표정들이 문장이 되고 있다

시가 되려고 잃어버린 것들은 아니었겠다. 시가 될 줄은 몰랐겠지. 어떤
사건은 문장이 되는 일을 피할 수 없다. 없는 손으로 적은 문장들이다.
없는 이야기다. 없는 사람들의 내막이다.

그믐달

정성욱

그믐달은 제 그림자의 빛깔을 가지지 않아 쓸쓸하고
보름달은 제 그림자를 품고 있어 더욱 아름답다.
누가 달 뒤에 숨어서 그 아픔을 풀고 있나
누가 달을 갉아 먹어서 눈썹만 남아 저토록 울고 있나.
돌아보니 참 많은 세월이 그믐처럼 흘러갔다.
생은 유한이라서 살 만한 가치가 있고
인간이 가장 할 만 것은 사랑이라고 했던가.
살아 있는 동안 가장 즐거운 건 그 망각의 강을 건너
그믐 속에 숨은 그 첫사랑을 추억하는 거라고
언덕에 올라 섣달그믐을 지치도록 바라본다.

시작 메모

첫사랑은 내게 있어 빛을 드러내지 않고 늘 곁에서 서성이는 그믐달 같
았다.
가끔 아무도 몰래 깊은 밤 홀로 그 달을 쳐다본다. 그 여자는 지금쯤 어
디에 있을까.

88

전설

조현석

컴컴한 늪 위에 뜬 은하수

쉬지 않고 노를 젓는다

기쁘게 맞아줄 너를 위하여

수없이 바늘에 찔리는 손끝

붉은 눈물로 옷을 깁는다

하늘 가득 펼쳐져 빛나는 수의

시작 메모

첫사랑은 이루어지기 어렵다고 많은 사람들이 말한다. 전설이나 설화 속의 사랑도 그런 것이 많다. 내 첫사랑 역시 오래전에 목숨을 다했다.

첫눈의 소실점

황종권

이 별은 당신을 떠도는 첫 눈이었다
눈빛을 포개면 여백이 쌓이고

무한하다는 길이 지워졌다

신이 지워진,

눈먼 겨울의 한복판에 속눈썹이 남아 있었다
무엇이라도 울 수 있을 것 같아
우는 건 신을 견디는 일이라 말했다

사실, 뒷모습만 길게 뻗어갔다

등이 지워질수록 어지럽게 발자국이 찍혔다
당신을 떠도는 전부가
맥락 없이 쌓이는 발자국이라니

사랑하는 이유와 이별하는 이유가
서로 닮아가고 있었다
소실점이었다

첫눈이 내릴 때마다

시작 메모

　한없이 사랑에 빠졌던 이유가 이별의 이유가 되고 있었다.

| 3부 |

봄의 제전

권선희
권현형
김도연
김은경
김정수
문형렬
박소란
박시하
서윤후
손 미
윤진화
이규리
장석남
조용미
함민복

여우비

권선희

낮술 한 홉 들이켠 그녀
준비 없이 쏟는
눈물

후두두둑

서둘러 열기를 접는 양철 지붕
텃밭에 피어나는 실파의 맑은 얼굴과
뒤꼍 조릿대 소복한 아우성
가슴을 다르륵 박고 떠나는
재봉틀 소리

시작 메모

무엇이 '첫'이고 무엇이 '끝'인지 가늠할 수 없는 나이. 두서없는 생을 되
감다 턱 하니 걸리는 것, 잠시 쏟아지다 이내 멈추고 마는 그 사람.

네가 없어도 다정한 방

권현형

인디언들의 나무처럼 오래 서 있던
네 기타를 보고 왔다
눈부시도록 흰 셔츠 때문에 귀가 콕 쑤셨다
네가 없어도 다정한 방

잊을 수 없어 안 잊을 거야
달콤한 기도의 말을 첫눈을 어찌 잊나
누구는 순간이라 부르고

누구는 영원이라 부르는
모든 계절의 날개를 어느 하루를

어찌 잊나 온기가 남아 있는 방문의
작은 손잡이를 아침마다 손에 꼭 쥐고 있던
신선한 공기를 네 청량한 로션 냄새를

나중에 다시 만나면 엄지를 닮은

뭉툭한 쿠바 시가를 장난스럽게 함께 피우자
잠보다 노래가 좋을 날들
잠 쪽으로 망명할까, 노래 쪽으로 망명할까

어느 쪽이든 더 애착했던 힘으로 살아 있다
내내 화살표 방향과 상관없이
좋아하는 것에 마음을 쏟았던 기억으로 살아 있다

기품 있는 보석과도 같이 오늘 햇볕은
맑고 밝다 자유로운 여행자의 짐 위에
앉은 몽실 잎사귀 구름을
네 기타 나무가 갈색 머리에 이고 있다

시작 메모

이 시는 '깨끗한 세계'에 대한 불완전한 번안이다. 첫사랑은 첫눈 같은
것. 영원히 사라짐으로써 영원히 사라지지 않는 어떤 아름다운 무늬에
대한 기억을 옮겨본다.

첫사랑 청탁이 왔어요

김도연

사랑,
첫사랑,
첫사랑을 잊었는데
첫사랑을
잊은 채 묻어두려 했는데 청탁이 왔어요

이제는 무덤덤해진 감정이지만 아직도 가슴 뛰는
사랑

첫사랑을 주제로 한 청탁이 왔어요

추억이 순수하게 빛을 내네요
녹슬지 않은
꿈
다시 그렇게 설레는 마음 찾아 옛날로 나선다면 그것은
헛된 꿈이겠지요

사랑,

나의 첫사랑,

그 사랑을 잊으려고 가슴에 파묻어뒀는데

청탁이 왔어요

어떻게든 사랑을 다시 찾아야 한다는 요청이 왔어요

이렇게 밤잠 이룰 수 없는 봄밤에

시작 메모

　아슴아슴한 봄날, 목련꽃 하얀 봄밤에 꿈속의 길로 행여

　그 사랑, 첫사랑이 다시 찾아온다면……,

옥수수버터구이

김은경

달콤한 걸 먹으면 잠이 잘 온다고 믿는다

그것은 오늘의 소란을 녹여 굽는 일
버터와 마요네즈와 설탕과
너의 샛노란 눈동자―옥수수 알갱이를 프라이팬에 담아 뒤적
인다

삼 분이면 돼

프라이팬 속 너는 계속 두 눈을 끔벅인다
너를 불 속에 둔 건 나인데
눈물 흘리지 않았는데
내 얼굴은 잔뜩 얼룩져 있다, 상온에 방치해둔 버터처럼

잠이 오지 않는다 했던 주근깨 계집아이는
밤새도록 털실을 풀었다 감는다
아무도 읽지 않는 이상한 소설을 쓰는 습관이 있다

취미가 직업이 되면 박복해진다고 엄마가 그랬는데

나는 여전히 옥수수 알갱이를 뒤집는 중이다
거대한 옥수수 농장의 일꾼처럼 능숙하게
사랑이라는 거대한 감옥의 파수꾼처럼 충직하게

열 개의 눈동자가 불에 졸아들고 있다
백 개의 눈동자가 불에 졸아들고 있다
수천 개의 눈동자가 나를 응시하고 있다

이토록 긴 이야기도
삼 분이면
틀림없이 끝이 난다

첫사랑과 헤어지며 흘렸던 눈물을 다 모으면 얼마나 될까. 이별 후 마신 술병들을 끌어다 모아 진열하면 몇 미터나 될까, 그런 생각을 한 적이 있다. 이제는 웃으며 말할 수 있으니 다행일까.

쓰디쓴 생각이 날 때 달콤한 것을 먹으면 기분이 좀 나아진다. 너는 옥수수 알갱이가 되었다가 까도 까도 끝이 없는 양파가 되었다가 흠씬 두들겨 맞는 북어가 되기도 한다. 다행이다. 이젠 내가 버릴 수도 있고 씹을 수도 있게 되어서. 이렇게 사소한 복수에 웃음이 나다니, 마흔 줄에 들어서고도 그러하다니…….

연희, 그 방

김정수

그는 속이 훤히 들여다보이는 문을 입었다

햇빛 9시, 잠자리와 노을의 숨 열리고
방심 6시, 흔들리지 않는 발자국 방사한다 민들레가 계단을 내려오다 게시판처럼 멈춰 선다

하늘은 사람을 만나거나 움푹, 손바닥을 마주친다
짖지 않는 창문은 선한 개의 눈빛을 열어놓는다

끌림2018, 그의 가슴에 4개의 지문이 달려 있다
소리 없이 열리는 검은 고양이

평생 간직하고 싶은 낯빛은 낮은 소리로 감전된다
가끔 길을 가다 멈춰 라일락 향기가 되기도 한다

복도는 숨 막히게 고요하다 물의 끝에는 강이 있다 회전하는 먼지는 바닥의 전기를 먹고 산다 공용은 불편한 액자소설

마침내, 휴115 앞에 서면
그와 합방한 이름들이
눈 뜬 시간과 잠과 문장을 풀어놓는다

야옹, 90도로 열린다 창밖으로 나비처럼 가벼운 언덕이 입주
한다 흐르는 물은 고인다
빠진다 물들어
번진다

마주치지 않는 것들은 다 첫사랑으로 탄생한다

시작 메모

연희문학창작촌에 입주하였다. 대문을 열고 들어가 '그 방' 책상에 앉는
순간까지 사랑이다. 그와 합방한, 한 번도 마주치지 않고 '그 방'에서 쓰
는 글들은 다 첫사랑이다.

사월 편지
—1974. 4. 27

문형렬

네가 가진 봄을 따라가면
언제나 나는 계절 밖
머나먼 벌판에 서 있다
보고 싶다, 보고 싶다
흩날리는 목소리마다 네 얼굴 새겨져 있는데
차라리 없어도 좋은 사월에
낯선 바람이 등뼈를 지우고
눈이 아파온다
바람 부는 사월을 비우고
내가 비워지고
남은 모든 날짜들은
꽃잎 떠나듯 무너지는 하늘 그리움
우리 오래 지나서, 서른 해쯤 지나서
물방울로,
달려가는 강물로 지나서
마침내 바다에서 만나면

낡은 보석처럼 빠르게 스쳐가도

금방 알아보고 가슴이 또 주저앉을까

시작 메모

오랜 뒤, 흰 바탕 물감에 검정 글씨로 쓴 '사월 편지'가 책상 앞 벽에 오래 걸려 있었다고 그녀의 동생이 말했다. 고교 3학년 YMCA 시화전이 끝나는 날, 여학생에게 시 액자를 주었다. 이제는 천국의 방에 그대로 걸려 있을까. 낡은 보석처럼.

온수

박소란

이토록 따뜻한 것을 본 적이 없다
만난 적이 없다

이토록 알지 못한 세면의 세계를,

천천히 손을 씻고 또 씻는다
하나의 의식을 치르듯이

비밀한 살의 감촉이 거스러미 인 손끝을 어루만질 때

지상의 마지막에 신발을 벗어두고 간 어느 작은 이가
바로 여기에 살고 있음을

거울 속
후생처럼 불쑥 쏟아진 한 대야의 얼굴
허연 거품에 반쯤 물러진 채로 울다가 저도 모르게

웃는다

이토록 따뜻한 것을 본 적이 없다

금 간 타일 위 말갛게 반짝이는 눈동자
이제 막 눈물을 훔친 채로

거울 속에 든다 아무런 자취도 없이

손을 씻고 또 씻는다, 이토록 따뜻한

손은 떠내려간다
어떤 손으로도 잠글 수 없다

시작 메모

따뜻한 물에 손을 씻었다. 천천히 오래 씻었다. 그러다 알게 되었다. 내
사랑이 바로 이곳에 있다는 것. 이로써 충분하다는 것.

낡은 첫 밤의 노래

박시하

밤눈이 내린다
시간 밖을 서성이며
꿈 언저리를 밟고 가는 서러운 눈
문드러진 눈

흰 양이 매애 운다
눈가가 젖어 있다

"그림을 그리고 싶어"

붉은 그림자와 초록 하늘을
보랏빛 비와 은갈색으로 타오르는 불을
있을 수 없는 음률을 그리고
싶다, 라고
뚜렷이 말하려 할수록
뭉개지는 발음

소망이 불투명하게 자라난다
단단해지는 건 싫어
굳세게 물컹거리기를 원해
무지개 카오스
유일하고도 흔해빠진 혼란

입을 열면 침묵이 알알이 쏟아져 나오지
빛나지 않는 별처럼

그러므로 순순히
깨어진 사랑을 바라보는 편이 좋아
검은 돼지들이 꾸엑 웃는다
입가에 묻은 피를 닦지도 않고

자신의 무게로
문드러지고 또 문드러지면
별이 될까

죄가 될까
내가 될 수 있을까
아름다운 것을 잊을 수 있을까

껍데기를 노래해도
속이 비쳐 보일 텐데

한없는 낡음이 내려와서
지친 노래를 덮는 밤
삶 위에 삶을 덧붙이는 사람은
그걸 첫이라고

혹은 영원이라고 한다

시작 메모

　첫 번째로 사랑했다는 건 영원히 사랑하게 되었다는 뜻이다. 처음으로
내린 눈이 마지막 눈의 흔적인 것처럼. 그러므로 낡았다는 건, 완전히
새로워졌다는 뜻이다. 그런 그림을 그리고 싶다.

곡우(穀雨)에 온다는 말

서윤후

풍성했던 과일 바구니는 모두 모형이었어요. 기나긴 정물을 보는 게 익숙해졌지요. 온다던 비는 내리지 않고 누군가 문을 두드릴 것 같아요. 과수원 지나 작은 이층집 목조계단에 젖은 수건을 널어놓는, 내가 사는 곳으로 올 손님이. 오래된 물건을 더는 진열장에 두지 않죠. 불쑥 찾아드는 기억은 강도 같아서, 나는 매일 달라지지 않는 모형 과일만 본답니다. 절정에서 멈췄다가 바람이 빠져버린 자두 하나는 흔치 않은 일이지요. 곧 전화벨이 울릴 것 같아요. 아무런 말없이 수화기만 붙든 사람의 전화를 끊으면 뒷모습이 보여요. 있었던 일 차올라요. 선고를 기다리는 죄인이 되어 소파에 앉아 가지런해지죠. 비가 올 일 없고 새와 나뭇잎과 바람이 대결하는 창문의 시네마를 봐요. 욕조 수챗구멍이 시원찮아 걱정이죠. 굴뚝에 둥지가 생겨 벽난로는 잠시 정전이고요. 간지러울 때마다 알아요. 정물화 속 과일에게로 향하는 벌레의 기분을요. 그렇게 누군가를 기다려요. 기다리는 힘은 질겨요. 가까스로 열매 채운 트럭을 지켜보는 일, 농부가 모 심는 일을 아들에게 일러주는 일처럼. 진풍경을 아는 사람은 만나기로 약속했던 광장의 조형물이 되는 것이죠. 머리맡에서 홍시를 내오고 싶지요. 손님은 맛있다 말하고, 나는 떫을까 걱정하는 것. 이름은 묻지 않아요. 통성명 없이 알게 된 사람에게서 기나긴 계절이 작명되니까. 이맘때쯤 찾아올 것 같아 기다려요. 우리가 만날 수 있는 날은 곡우(穀雨)라지요. 허수아비 수거해간 자리에 알낳는 메추리를 보는 일, 서로 불현듯 쏟아질 소나기 한 줌 두 손으로 받들고 조심하며 사는 일, 그러다 한순간에 모두 젖으면 웃음이 나는 빗속의 우리는 어디쯤 오고 있나요. 어쩌면 우리는 이름도 모르는 이웃처럼 살고 있진 않나요.

시작 메모

사랑했던 사람도, 사랑할 사람도 모두 근처에 있었다. 그것이 무섭고 괴롭다. 끝내 한 번도 마주하지 않을 것 같다. 닿지 않으려고 안간힘을 쓰며 살겠지. 나는 그게 사랑의 마지막 힘이라고 생각한다. 기다림에 눈멀게 하는 사랑의 눈총들.

그렇게 한순간에 모두 젖으면 웃음이 나는
빗속의 우리는 어디쯤 오고 있나요

최선

손미

금방 갈게
뒷자리에서 누군가 속삭인다

신호를 받고 교각에 멈춘
버스가 출렁인다
꽃잎이 흩날린다

이 공중을
네가 찾아낼 수 있을까

금방 갈게
그렇게 말하던
너는 아직 오는 중이고

나는 노인이 되고 있다

우주가 팽창해서

모든 게 멀어지고 있다고
오래전, 네가 말했었다

다리에 버스가 서 있고
쿵, 쿵 누가 걸어오고 있어
땅이 출렁인다

너는 살아 있는 것 같다

시작 메모

땅이 흔들리는 것 같습니다. 깜짝 놀라서 전등과 물병을 살펴보면 너무
나 평온하게 제자리에 있습니다. 그럼 흔들리는 건 무엇인가 생각해봅
니다. 나는 자주 무섭습니다. 그럴 때마다 당신이 오고 있다고 생각합니
다. 나보다 커다란 당신이, 보이지 않는 당신이, 쿵,쿵, 발자국을 찍고 오
느라 온 세계가 흔들리는 거라고. 그런 생각을 하며 이 삶을 견디고 있
습니다.

사월

윤진화

잘 살고 있어요
아직도,
사월이 꽃잎처럼 펄럭이면
그리운 바람이 불어요

그날, 당신은 왜 새가 되었을까
왜 내 머리 위로 크게 원을 그리다 서쪽으로 날아갔을까
빨간 불에 홀려 도로 한복판에 서 있어요
꽃 사느라 동전이 모자랐던 것뿐인데 걷다가 울기도 해요
보고 싶다고 말한 송수화기에
이미 당신을 잊었다, 거짓말을 읊조리기도 해요

사월이면 죄를 지어요
나는 내내 겨울인데도 따뜻하다고 반대말을 해요
사랑, 사랑 우는 새처럼 다른 이름으로 살아요
빈틈마다 당신의 이름을 부르고 묻어줘요
채우고 또 채우는데도 묻을 곳이 남아 있어요

꼭 나처럼, 어딘가 비어 사는 나처럼,
완벽한 사월이에요

열두 달이 모두 사월이에요
잘 살고 있어요
주홍글씨로 동그라미 그리면서,
너무 잘 살고 있어요

시작 메모
　열심히 살다 고개를 들면 벌써 사월,
　기어코 사월, 아직도 사월.
　혼자 너무 열심히 살아서 죄짓는 것 같은
　떠나간 사랑에게, 난 아직도 사월이라고.

목련
―첫사랑

이규리

햇빛 공중에 눈부신 흰 꽃

떠 있다

비현실인 듯

닿을 수 없는 왕국이 하나

아득하게

아직 그 꽃에 불을 댕기는 이여

또 한 번 데는 이여

생각하면 뻐근한 곳 어디에서

구겨진 통증을 꺼내며

잊는다 잊는다 말도 못 하며

시작 메모

첫사랑은 힘이 세다. 과거이면서 영원한 현재이다.

첫사람

장석남

나물 반찬이 파란
마당은 눈부신 점심
새가 우네

서늘한 대들보 아래서
내다보네

시작 메모

첫사랑은 없습니다. 모든 지나간 사랑이 첫사랑이고 아직 오지 않은 사
랑도 첫사랑일 것입니다. 초여름의 오전 빛이 첫사랑이고 그 볕의 그늘
에 앉은 나는 문득 새소리로 오는 첫사랑의 먼 그림자를 내다봅니다. 눈
부십니다.

사랑은 결국 비극이지만 인생 모두보다는 덜한 비극입니다. 봄이 오듯
첫사랑이 오고 가고 또 올 겁니다.

새가우네
내다보네

봄의 제전

조용미

봄꽃들 때문에 햇빛이 컴컴해졌다

이 어두운 봄을 어찌 견디나 윤슬로 눈부신 저 강을 어떻게 건너야 하나

당신이 가까이 있는 듯한 이 무시무시한 幻을 어떻게 쳐부수어야 하나

헛것인 저 꽃들은 차례도 없이 한꺼번에 피어나

듬성듬성 파르스름한 꽃을 이고 있는 늙은 자두나무 옆을

어두워, 나 종일 떠날 수 없네

온갖 꽃들이 피어나는 봄은 왜 이렇게 고요할까요. 왜 이렇게도 눈부시게 캄캄할까요. 부재하는 당신 숨결이 왜 이렇게도 가까이 느껴질까요. 봄이 길지 않아서 얼마나 다행인지 모르겠습니다.

편지

함민복

손바닥 위에
꽃송이 하나

이렇게
꽃피고 싶어라

그대와
함께

이렇게
꽃피고 싶어라

온 세상에
어린 것들 가득한 봄날

그대에게 내민
떨림 한 장

시작 메모

봄은 빛깔의 여울이다. 첫사랑은 사랑의 봄이다. 모든 시작은 떨림이다.
첫사랑은 새싹들이 쓰는 편지다.

시인 소개(가나다순)

강신애

1996년 『문학사상』으로 등단했다. 시집으로 『서랍이 있는 두 겹의 방』
『불타는 기린』 『당신을 꺼내도 되겠습니까』가 있다.

권선희

1999년 『포항문학』으로 작품 활동을 시작했다. 시집으로 『구룡포로 간
다』 『꽃마차는 울며 간다』 등이 있다.

권현형

1995년 『시와시학』으로 등단했다. 시집으로 『밥이나 먹자, 꽃아』 『포옹
의 방식』 등이 있으며, 『초판본 김영태 시선』을 엮었다. 미네르바 작품
상을 수상했다. 현재 경희대학교 후마니타스칼리지에 출강 중이다.

김경인

1972년 서울에서 태어났으며, 2001년 『문예중앙』으로 등단했다. 시집
으로 『한밤의 퀼트』 『애들아, 모든 이름을 사랑해』 등이 있다.

김경후

1998년 『현대문학』으로 등단했다, 시집으로 『열두 겹의 자정』 『오르간,
파이프, 선인장』 등이 있다.

김도연
충남 연기에서 태어났으며, 2012년 『시사사』로 등단했다. 시집으로
『엄마를 베꼈다』가 있다.

김병호
2003년 『문화일보』 신춘문예로 등단했다. 시집으로 『달 안을 걷다』 『밤
새 이상을 읽다』 『백핸드 발리』 등이 있다.

김연숙
2002년 『문학사상』으로 등단했다. 시집으로 『눈부신 꽝』이 있다.

김은경
2000년 『실천문학』 신인상을 받으며 작품 활동을 시작했다. 시집으로
『불량 젤리』가 있다. 2016년 경기문화재단 문예진흥기금을 수혜했다.

김이듬
경남 진주에서 태어나 부산대학교 독어독문학과를 졸업하고 경상대학
교 국어국문학과에서 박사학위를 받았다. 2001년 계간 『포에지』로 등
단했다. 시집 『별 모양의 얼룩』 『명랑하라 팜 파탈』 『말할 수 없는 애
인』 『베를린, 달렘의 노래』 『히스테리아』 『표류하는 흑발』과 장편소설
『블러드 시스터즈』, 산문집 『모든 국적의 친구』 『디어 슬로베니아』 등
이 있다. 현재 한양여자대학교 문예창작학과에 출강중이며, 〈책방이듬〉
대표로 있다.

김정수
1963년 경기 안성에서 태어나 경희대학교 국어국문학과를 졸업했다.
1990년 『현대시학』으로 등단하여 시집 『서랍 속의 사막』 『하늘로 가는
혀』를 펴냈다. 제28회 경희문학상을 수상했다.

김해자

1998년『내일을 여는 작가』로 등단했다. 시집으로『무화과는 없다』『축제』『집에 가자』『해자네 점집』이 있다. 전태일문학상, 백석문학상, 이육사시문학상, 아름다운작가상 등을 수상했다.

문형렬

경북 고령에서 태어나 영남대학교 사회학과와 동대학원 철학과를 졸업했다. 1982년, 1984년『조선일보』신춘문예에 시와 소설이 당선되어 등단했다. 시집『꿈에 보는 폭설』『해가 지면 울고 싶다』, 장편소설『바다로 가는 자전거』『눈먼 사랑』『연적』『어느 이등병의 편지』등이 있다.

박경희

1974년 충남 보령에서 태어나 한신대학교 문예창작학과를 졸업했다. 2001년『시안』신인상을 받으며 등단했다. 시집『벚꽃문신』, 산문집『꽃 피는 것들은 죄다 년이여』『쌀 씻어서 밥 짓거라 했더니』, 동시집『도둑팽이 앞발 권법』이 있다. 제3회 조영관 창작기금을 수혜했다.

박소란

2009년『문학수첩』으로 등단했다. 시집으로『심장에 가까운 말』이 있다.

박시하

2008년『작가세계』로 등단했다. 시집으로『눈사람의 사회』『우리의 대화는 이런 것입니다』가 있다.

박완호

1991년『동서문학』으로 등단했다. 시집으로『물의 낯에 지문을 새기다』『너무 많은 당신』『기억을 만난 적 있나요?』등이 있다. 2011년 김춘수시문학상을 수상했다.

박철

서울에서 태어나 단국대학교 국어국문학과를 졸업했다. 『창비1987』에 「김포」 외 15편의 시를 발표하며 작품 활동을 시작했다. 시집으로 『김 포행 막차』 『밤거리의 갑과 을』 『새의 전부』 『너무 멀리 걸어왔다』 『영 진설비 돈 갖다 주기』 『험준한 사랑』 『사랑을 쓰다』 『불을 지펴야겠다』 『작은 산』 『없는 영원에도 끝은 있으니』 등이 있다. 제13회 천상병시상, 제12회 백석문학상을 수상했다.

배수연

2013년 『시인수첩』으로 등단했다. 시집으로 『조이와의 키스』가 있다.

백인덕

1991년 『현대시학』으로 등단했다. 시집 『끝을 찾아서』 『한밤의 못질』 『오래된 약』 『나는 내 삶을 사랑하는가』 『단단(斷斷)함에 대하여』 『짐작 의 우주』와 저서 『사이버 시대의 시적 현실과 상상력』 등이 있다.

서윤후

2009년 『현대시』로 등단했다. 시집 『어느 누구의 모든 동생』과 여행 산 문집 『방과 후 지구』, 만화시편 『구체적 소년』이 있다.

서춘희

2016년 『시로 여는 세상』으로 등단했다.

손미

1982년 대전에서 태어났으며, 2009년 『문학사상』 신인문학상으로 등 단했다. 시집으로 『양파 공동체』가 있다. 2013년 김수영문학상을 수상 했다.

오민석

충남 공주에서 태어났다. 1990년 월간『한길문학』창간기념 신인상에 시가 당선되어 등단했고, 1993년『동아일보』신춘문예에 문학평론이 당선되며 평론 활동을 시작했다. 시집『그리운 명륜여인숙』『기차는 오늘 밤 멈추어 있는 것이 아니다』, 문학이론 연구서『현대문학이론의 길잡이』『정치적 비평의 미래를 위하여』, 대중문화 연구서『나는 딴따라다: 송해 평전』『밥 딜런, 그의 나라에는 누가 사는가』, 산문집『개기는 인생도 괜찮다』, 시 해설서『아침 시: 나를 깨우는 매일 오 분』, 번역서 바스코 포파 시집『절름발이 늑대에게 경의를』등을 냈다. 부석평론상 등을 수상했다.

유계영

2010년『현대문학』신인추천으로 등단했다. 시집으로『온갖 것들의 낮』『이제는 순수를 말할 수 있을 것 같다』가 있다.

유기택

춘천 "시문" 동인으로 활동하고 있다. 시집으로『둥근 집』『긴 시』『참 먼 말』이 있다.

유현아

2006년 전태일문학상을 수상하며 작품 활동을 시작했다. 시집으로『아무나 회사원, 그밖에 여러분』이 있다.

윤진화

2005년『세계일보』신춘문예로 등단했다. 시집으로『우리의 야생소녀』가 있다.

이규리

1994년『현대시학』으로 등단했다. 시집으로『앤디 워홀의 생각』『뒷모
습』『최선은 그런 것이에요』가 있다.

이설야

2011년『내일을 여는 작가』신인상으로 등단했다. 시집으로『우리는
좀더 어두워지기로 했네』가 있다.

이승희

1999년『경향신문』신춘문예로 등단했다. 시집『거짓말처럼 맨드라미
가』『여름이 나에게 시킨 일』등과 동화집『살구는 왜 노랗게 익는 걸
까』등을 출간했다. 현재 계간『시와사람』편집주간으로 있다.

이영주

1974년 서울에서 태어나 2000년『문학동네』로 등단했다. 시집으로
『108번째 사내』『언니에게』『차가운 사탕들』이 있다.

이우근

경북 포항에서 태어나 서울예술대학 문예창작과를 졸업했다. 문학선으
로 등단했으며, 시집으로『개떡같아도 찰떡처럼』이 있다.

이재훈

1972년 강원 영월에서 태어났으며, 1998년『현대시』로 등단했다. 시집
『내 최초의 말이 사는 부족에 관한 보고서』『명왕성 되다』『벌레 신화』,
저서『현대시와 허무의식』『딜레마의 시학』『부재의 수사학』, 대담집
『나는 시인이다』가 있다. 한국시인협회 젊은시인상, 현대시작품상, 한
국서정시문학상을 수상했다.

이정록

1964년 충남 홍성에서 태어났으며, 1993년『동아일보』신춘문예로 등단했다. 시집『벌레의 집은 아늑하다』『풋사과의 주름살』『버드나무 껍질에 세들고 싶다』『제비꽃 여인숙』『의자』『정말』『어머니학교』『아버지학교』『눈에 넣어도 아프지 않은 것들의 목록』『동심언어사전』, 청소년시집『까짓것』, 산문집『시인의 서랍』, 동화책『귀신골 송사리』『십원짜리 똥탑』『미술왕』『대단한 단추들』, 동시집『콧구멍만 바쁘다』『저 많이 컸죠』『지구의 맛』, 그림책『똥방패』『달팽이 학교』가 있다. 김수영문학상, 김달진문학상, 윤동주문학대상, 박재삼문학상을 수상했다.

이진욱

전남 고흥에서 태어났으며, 2012년『시산맥』신인상으로 등단했다. 시집으로『눈물을 두고 왔다』가 있다. 2018년 경기문화재단 문예진흥기금을 수혜했다.

이창수

1970년 전남 보성에서 태어났으며, 『시안』으로 등단했다. 시집으로『물오리사냥』『귓속에서 운다』가 있다.

이현호

2007년『현대시』로 등단했다. 시집으로『라이터 좀 빌립시다』가 있다.

이호준

2013년『시와 경계』로 등단했다. 산문집『세상에서 가장 따뜻한 안부』『자작나무 숲으로 간 당신에게』와 기행에세이집『클레오파트라가 사랑한 지중해를 걷다』『문명의 고향 티그리스 강을 걷다』『나를 치유하는 여행』『세상의 끝, 오로라』등이 있다.

이훤
2014년『문학과의식』으로 등단했다. 시집으로『너는 내가 버리지 못한 유일한 문장이다』가 있다. 사진가로 활동하며《DISTANCE》외 몇 차례의 사진전을 가졌다. 현재『시인동네』에 사진을 연재 중이다.

장석남
인천 덕적에서 태어났으며, 1987년『경향신문』신춘문예에 시「맨발로 걷기」가 당선되어 등단했다. 1991년 첫 시집『새떼들에게로의 망명』으로 김수영문학상을, 1999년「마당에 배를 매다」로 현대문학상을 수상했다.『지금은 간신히 아무도 그립지 않을 무렵』『젖은 눈』『왼쪽 가슴 아래께에 온 통증』『미소는, 어디로 가시려는가』『뺨에 서쪽을 빛내다』『고요는 도망가지 말아라』등의 시집과『물의 정거장』『물 긷는 소리』등의 산문집이 있다. 현재 한양여자대학교 문예창작과 교수로 재직 중이다.

정병근
경북 경주에서 태어났다. 1988년『불교문학』으로 등단했고, 2001년『현대시학』으로 작품 활동을 시작했다. 시집으로『오래전에 죽은 적이 있다』『번개를 치다』『태양의 족보』등이 있다. 제1회 지리산문학상을 수상했다.

정성욱
무크지『지평』『전망』등을 통해 시 활동을 시작했고,『부산일보』신춘문예와『동아일보』신춘문예로 등단했다. 시집으로『겨울남도행』『아주 오래된 연애』, 저서로『바닷가 절 한 채』『스님의 생각』등 다수가 있다.

조용미
1990년 『한길문학』으로 등단했다. 시집으로 『불안은 영혼을 잠식한다』
『일만 마리 물고기가 山을 날아오르다』 『삼베옷을 입은 자화상』 『나의
별서에 핀 앵두나무는』 『기억의 행성』 『 나의 다른 이름들』, 산문집 『섬
에서 보낸 백 년』이 있다.

조현석
1988년 『경향신문』 신춘문예에 시 「에드바르트 뭉크의 꿈꾸는 겨울스
케치」가 당선되어 등단했다. 시집으로 『에드바르트 뭉크의 꿈꾸는 겨
울스케치』 『불법, …체류자』 『울다, 염소』 등이 있다. 현재 도서출판 북
인 대표이다.

천수호
2003년 『조선일보』 신춘문예로 등단했다. 시집으로 『아주 붉은 현기
증』 『우울은 허밍』이 있다.

하상만
2005년 『문학사상』으로 등단했다. 시집으로 『간장』 『오늘은 두 번의 내
일보다 좋다』 등이 있다.

함민복
1962년 충북 충주에서 태어났으며, 1988년 『세계의문학』으로 등단했
다. 시집으로 『모든 경계에는 꽃이 핀다』 『말랑말랑한 힘』 『눈물을 자
르는 눈꺼풀처럼』 등이 있다. 오늘의 젊은 예술가상, 김수영문학상, 박
용래문학상, 윤동주문학대상 등을 수상했다.

황종권
1984년 전남 여수에서 태어났다. 2010년 『경상일보』 신춘문예로 등단
했고, 한국문화예술위원회 차세대 예술 인력에 선정되어 작품 활동을

시작했다. 제18회 여수해양문학상 대상을 수상했으며, 2018년 아르코 창작기금을 수혜했다.

너의 눈동자엔 내가 사랑하는 모든 것이 있었다

초판 1쇄 인쇄   2018년 7월 2일
초판 1쇄 발행   2018년 7월 9일

지은이   강신애 외
그린이   서숙희
펴낸이   이수철
기획   고영 안현미 조현석
본부장   신승철
편집   하지순
디자인   오세라
마케팅   정범용
관리   전수연

펴낸곳   나무옆의자
출판등록   제396-2013-000037호
주소   (03970) 서울시 마포구 성미산로 1길 67 다산빌딩 3층
전화   02)790-6630~2
팩스   02)718-5752

페이스북   www.facebook.com/namubench9
인쇄·제본   현문자현
종이   월드페이퍼

그림 ⓒ 서숙희

ISBN 979-11-6157-038-9 03810